KB095577

나,라는 꽃 한 송이

'나,라는 소중한 꽃 한 송이'를 위한 시그림책

A Flower Called I

나,라는 꽃 한 송이

마주한

좋은땅

작가의 말

나,라는 소중한 꽃을 위하여

타이를 풀고 상아탑에서 나온, 캐주얼한 시 40편을 티 테이블에 초대했다. 이 가벼운 모임에 당신을 편히 모시려 한다.

이들과 가슴 따스한 위안, 살아 있는 기쁨, 삶의 깊은 통찰을 공유하는 동안 당신이 얼마나 소중한 존재인지를 새삼 깨닫게 될 것이다.

삶의 긴 여로에서 짐을 잠시 내려놓고 쉬었다 가시길 바란다.

작은 정원이 보이는 창가에서

마주한

여기에 당신의 자리가 있습니다.

목차

2부 사랑은 삶의 원천이다

3부 선량한 믿음을!

1부

MEMENTO VIVERE

삶을 기억하라

며칠 후

꽃이 하도 탐스러워
머물다 갈까 하다

다시 볼 수 있겠지
발길 돌려 지나쳤다

며칠 후 찾아갔더니
꽃이 지고 없었다

❀ 우리는 오지 않은 내일을 바라보다 가장 중요한 오늘을 놓친다. 지금 이 순간은 다시 올 수 없는 절대적 시간이다.

채송화

작고 낮게 피어도
예쁘다

여러 빛깔로 피니
보기 좋고

어우러져 피니
더 좋다

❀ 채송화는 높은 꽃대의 도도함이 없다. 다채로우나 현란하지 않고, 살갑게 서로 모여 핀다.

청하지 않은 손님

애써 가꾼 정원에
불쑥 들이닥친
가시엉겅퀴

내치지 않고 자리 하나 내주었다

한여름
뜻밖에 야생의 꽃을 보는 기쁨을 얻었다

✿ 독일이 시리아 난민을 백만 명 이상 수용한 것은 용기 있는 결단이었다. 순수에 대한 집착은 폭력을 낳는다. 다양성을 받아들일 때 사회가 건강하고 활기차다.

늦패랭이

왔구나
이 가을 여기까지

괜찮다
늦지 않았다

이곳은
가을 내내 산들바람 불고
별이 넘친단다

❀ 인생은 마라톤이다. 맨 마지막에 들어온 주자도 승리자다.

길섶의 작은 꽃

달개비라 부르든

닭의장풀이라 부르든

그건 네 마음이라고

하루 만에 꽃이 시들어 꽃말이

외로운 추억, 짧았던 기쁨이라고

그러니 한번 보고 가라고

그런 김에 허리 숙여 자세히 보라고

하늘을 나는 긴 꼬리 요정 같지 않냐고

가만가만 말을 거는

길섶의 작은 꽃

❀ 눈여겨보면 살갑지 않은 것이 없다.

물망초

외로우면 네게 속삭여 봐
"날 잊지 마."

이것이
네가 너를 잊지 않는 길
네가 너의 물망초가 되는 길

모든 걸 포기하고 싶을 때
네게 속삭여 봐
"날 잊지 마."

❀ 지치고 힘겨울 때 자신을 불러 깨우자.

나,라는 꽃 한 송이

세상에 나보다 귀한 존재가 없어
나보다 귀하지 않은 존재 또한 없고
누구나 다 소중한
나,라는 꽃 한 송이

반드시 세상의 횃불이 되어야 하는 것은 아니야
외로운 그림자 곁에 가만히 있어 주기만 해도 돼

나,라는 꽃 한 송이, 하고 네게 속삭이면
상처 많은 네가
얼마나 사랑스러운 존재인지 알 수 있어

훗날 죽음 앞에 놓일
나,라는 꽃 한 송이
지금
생의 한가운데 놓아
사랑의 이름으로

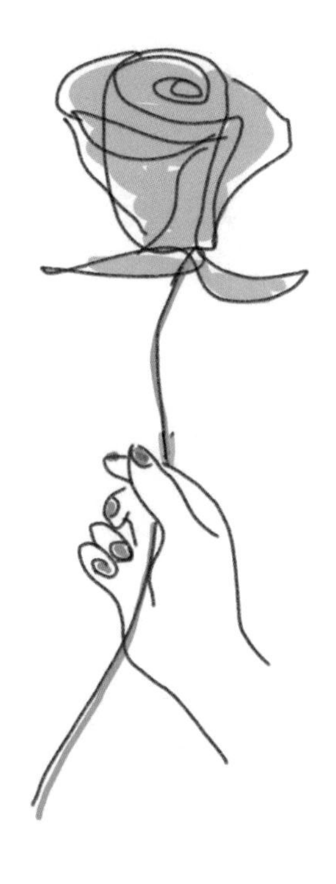

유아독존(唯我獨尊). 나만 홀로 존귀하다는 말이 아니다. 개개의 모두가 귀한 존재라는 뜻이다. 자신이 얼마나 소중한 존재인지를 알 때 타인을, 그리고 삶을, 더없이 사랑하게 된다.

누가 내게 꽃을 준다면

누가 내게 꽃을 준다면
시들기 전에
그 빛을 눈에 담뿍 들일 거야
눈이 멀도록

그것이
그에 대한
꽃에 대한
또한 생에 대한 예의니까

❀ 주어진 것을 소홀함 없이 극진히 대하는 것이 생에 대한 예의이다.

버찌나무 한 그루

난 그냥 버찌나무 아닌

그대 앞
붉을 대로 붉은

한 그루 버찌나무

❀ 지금 그대 앞의 한 그루 버찌나무야말로 충만한 현존재이다.

늙은 버들

바람에 가지런히

머리를 빗어 내리고

연못에 물끄러미 비춰 보는

늙은 버들

옛 시절 어디쯤엔가

잠깐 멈춰 서 있다

❀ 문득 되돌아보니 나에게도 빛나는 청춘이 있었다.

통정

길가의 꽃나무가 가슴으로 피워 놓은

그 꽃을
가슴으로 몰래 훔쳐 왔더니

나무가 그 향기마저
고스란히 주었다

❀ 나무와 내밀하게 마음이 오고 갔다. 향기가 났다.

만리향

외로워 꽃이 피고
꽃 피어 더 외롭다

바이주 술 한 잔에 이미 가을 한복판

외로워
꽃도 사람도
그 향기가 만 리다

❀ 외로움은 혼자서 누리는 고독의 향연이다.

뒷골목 목련

세상은 속된 만큼 속되지 않다는 듯
누추한 뒷골목에 목련이 피어올라
후미진 지상 한 곳이
설봉으로 부시다

❀ 세상 밑바닥, 속기를 벗어난 꽃, 깨끗하다.

2부

FONS VITAE CARITAS
사랑은 삶의 원천이다

단 하나의 이름

시처럼 비밀스레
오늘 내게 온 고양이
그에게 이름을 붙여 주려 한다

온 가슴으로 불러 줄
입에 부드럽고 귀에 오래 머무는
매혹적인 이름 하나

그것을 찾기 위해
하루를 꼬박 그를 바라보고 있다

어느 것이든 이름을 붙여 주면 사랑스러운 존재가 된다.

사랑, 초롱꽃

그대여

좁고 가파른 이 길로 와요

그대의 손이 닿아야

심장이 뛰고 밝아져요

그대가 오지 않으면

죽음보다 더 깊은 어둠이에요

그대여

험한 바윗길 이리로 와요

사랑에 이르는 길이 험할수록 그 빛이 밝다.

당신

샛강에 달이 떴네
맑고 환한 당신
천 개의 강에 달이 비치듯
나 있는 어디고 있네

❀ 멀리 있어도 당신은 언제나 내 안에 있다.

심다공증(心多空症)

내 사랑
티 없는 옥이었습니다

어느 봄날
숭숭 뚫린 내 사랑을 보았을 때
얼마나 내 눈빛이 날카로웠는지
얼마나 내 말이 거칠었는지
그제야 알았습니다

따스한 숨결, 다정한 눈길로
내 사랑 다시 안아 봅니다
빈 구석 가득 꽃향기 차오릅니다

이제 내 사랑
상처도 고운 풀빛 옥입니다

사랑의 상처는 사랑으로 치유된다.

피안의 당신

강기슭 저편 어디 피었을 은방울꽃
당신과 나 사이에 말줄임표 놓이고
건너다 멈추어 서며 물소리에 젖는다

세월이 유수와 같다는 말에 문득
당신으로 가는 길이 더욱 아득하여
침묵의 징검돌들이 하나둘씩 더 늘고

가닿을 수 없어 사뭇 찬연한 길
못 이뤄 더 설레는 늘 첫길의 여정
꿈속의 방울꽃 당신 깊고 맑게 울린다

❀ 가닿을 수 없는 저 너머의 세계, 순수한 꿈으로 남아 있다.

제라늄 당신

당신을 내 안에 두고 그만 잊고 말았네
뵈지 않는 새에 홀려 바람구두를 신고
떠돌다 외로움으로 아스라한 벼랑이네

한철 피는 들꽃에서 영원을 생각하다
먼 길을 돌아와 선 아슬아슬한 창턱
당신이 숨 쉬던 자리 사막인 나를 보네

힘겹게 몸을 세운 하얀 제라늄이여
내 한 모서리에서 아픔으로 환한 당신
나 흠뻑 맨가슴으로 이슬 젖은 아침이네

❀ 부재도 존재의 양식이다. 상대의 부재에서 문득 그의 존재를 자각한다. 그의 아픔까지.

꽃사태

흐드러지게 피어 절정에 이르러야
저리도 한꺼번에 무너질 수 있겠다

사랑도 저쯤에서야
사랑이라 하겠다

✽ 사랑은 최고조의 정념이다. 만개한 벚꽃처럼 한순간 무너져 내리는 사태(沙汰), 이것이야말로 사랑다운 사태(事態)이다.

이중주

눈물로 날 속여도 괜찮다
눈물로 널 믿을 테니까

입술이 파랗도록 날 저주해도 괜찮다
입술이 파랗도록 널 축복할 테니까

이런 것이다
네가, 날 미워하는 만큼 날 사랑한다는 것
또한 내가, 널 사랑하는 만큼 널 미워한다는 것
이 또한 내가, 널 미워하는 만큼 널 사랑한다는 것
이다

머리카락에서 발톱까지 날 미워해도 괜찮다
머리카락에서 발톱까지 널 사랑할 테니까

❀ 애증! 사랑의 앙상블.

오라, 사랑아

네가 올 때 가을이면
고원에서 싱싱한 빛을 먹고 자란
야생의 사과를 따 와
한 입 베어 물고 싶다

초여름 저녁이면
은빛 달을 들고 와
벼랑 끝 길섶에 숨은
은방울꽃이 보고 싶다

봄이면
온갖 꽃나무의 가슴을 거쳐 온 바람을 몰고 와
이 세상 끝
너와 마지막 탱고를 추고 싶다

✿ 삶의 충만은 사랑으로부터 온다.

이별

밤이 안개를 뿜기 시작해요

전쟁터로 가는 병사와 그 애인처럼
허리를 꼭 껴안고
팔가락지 속에 서로를 채워요

연인을 빼 가는 열차
길게 늘어나는 이별의 팔
열차의 뒤를 잡고 끝내 놓지 않아요

온 마음이 다 딸려 가고
빈 몸만 남아 떨고 있어요
안개의 휘장이 쳐지고 파국의 막이 내려요

영화의 한 장면이 아니에요
언제 어디서나 일어나는
삶의 일이에요
그래서 더 영화 같아요

✽ 이별이 때론 너무도 리얼해서 아이러니하게도 영화 같을 때가 있다.

맥주와 당신

나나 당신이 모르는 숱한 맥주들
제각기 맛과 향이 다르죠
그러나 난 눈을 감고도 좋아하는 맥주를 알아내죠

맥주는 다 거기서 거기, 특별한 것이 있나
당신의 말도 일리 있는 소리
그러나 그냥 맥주가 아닌
내가 택한 맥주일 때 특별하죠
당신이 그냥 사람이 아닌
한 사람의 사람이듯 말이죠

테라가 좋다고 말할 때 그건 나의 기호
나쁜 맥주, 좋은 맥주를 가리자는 게 아니에요
난 분류학자가 아니니까요
그냥 테라의 빛깔과 향기에 끌릴 뿐이에요

난 지금
테라처럼 당신을 사랑해요

당신은 내게 그냥 사람이 아닌

한 사람의 사람이니까요

❀ 어린 왕자의 장미처럼 우리가 마음을 준 그것은 각별한 존재가 된다.

폭설

사는 것, 새로울 것 없지
날마다 이불 속을 빠져나왔다 기어들고
지금도 어딘가에서 누군가 태어나고 누군가는 죽고

셰익스피어는 말했지
인생은 단지 걸어가는 그림자라고
맥베스의 이 말이 그림자처럼 평생 나를 따라다녔어
그렇지, 우리는 의미 없는 말만 지껄이다 떠나는 가련한 배우들이지

그런데, 그런데 말이야
첫울음을 터뜨린 조카가 바로 오늘 새 삶을 시작하고
내가 앞으로 몇 번이나 더 이런 새하얀 날을 맞이할 수 있을지 모르지만
밤새 내린 눈이 아침 햇살에 눈부시고

그렇지, 새로울 것 없는 세상이지만 매일이 새날이지
아침에 눈을 뜬 기적의 날이지
폭설이 내렸다고 커피 한 잔에 내용도 없이 수다를 떠는 이런 날이 없으면 각별한 날이 없지

오늘은 오늘로 최고의 날이지

❀ 폭설이 내린다. 제설의 고역, 교통 체증의 짜증, 밀린 일들의 염려에서 잠시 벗어나 폭설을 즐기자. 생활의 짐을 내려놓고 커피 한 잔에 수다도 떨고, 잊었던 유년 시절, 연애 시절도 생각하자.

하루

오늘도 다시 내게 배달되는

하루

작지만 큰 선물

어제처럼 타이를 매고 머리를 매만지고

서둘러 거울 속의 나를 꺼내 구두를 신기고

열두 번째 정류장에서 나를 하역하고

온종일 서류를 뒤적이다 지문이 닳고

그래도 오늘은 어제와는 다른 오늘

모닝커피가 조금 진하게 느껴지고

시간의 한 페이지에서 곱슬머리 첫사랑 아이가

웃고

한차례 소나기가 양철 지붕을 두드리고

간만에 맥주로 친구와 시공을 같이하고

태양이 다시 내일 하루를 내게 배달해 주기를

오늘 아침 갓 꽃을 피운 팬지에 물을 주지 못했기에

미루어 둔 편지를 오늘 밤 마치지 못할 수도 있기에

흔하지만 가장 귀한 선물

누구에게나 주어지는 흔한 하루, 그러나 어느 것보다 귀한 선물이다.

하루 씨의 초대

하루 씨, 당신을 오늘 이 자리에 모십니다
당신과 나 사이
파스타와 와인
꽃을 피운 식탁보도 봄입니다

문득 당신이 아닌 내가
오늘에 초대받은 손님이라는 걸 깨달았습니다
내일 다시 당신의 식탁에 자리를 마련해 주시면
살아 있는 기쁨으로 자리를 빛내겠습니다
당신이 내놓는 적막 한 접시라도
내게는 넉넉한 시간입니다

수선화 한 송이에 내 모든 것을 걸고
어깨로 바람의 운을 맞추고
돌을 쥐어 눈물 한 방울을 짜내고
맨발로 탱고를 추던
그 숱한 오늘을 내게 족히 내주었으니까요

자, 오늘

같이 파스타를 느껴 볼까요

입 안 촉촉이 와인을 굴리며

❀ 날마다 하루 씨의 초대를 즐겁게 응하자. 가끔 그가 내놓은 적막도 즐기자.

3부

ABON FIDE!

선량한 믿음을!

빛 밝은 날에는

빛 밝은 날에는

내 안에 사람이 들어온다

천 리 밖 사람도 깊이 들어오고

미운 얼굴도

손에 쥔 달걀 같다

❁ 빛 밝은 날에는 사람이 더 그립다.

짧은 아침

베란다 꽃나무 속으로 쏜살같이 날아와

이리저리 옮겨 앉아 먹이를 찾다 날아가는

어미 새

향기라도 묻어갔을까?

❀ 아침에 우는 새는 배가 고파 운다고 한다. 배고픈 새에게 향기는 생의 사치일까?

카슈가르에 가면

위구르인의 고향 카슈가르에 가면
영혼을 깨우는 바람의 노래가 있다

- 측백나무를 보라! 홀로 높이 하늘을 향해 솟는다.

카슈가르 시장에 가면
빵 굽는 견습공 아이가 가슴에 새긴 말이 있다

- 고난을 무겁게 여기지 마라! 영웅에게 그것은 새 깃털의 무게에 지나지 않는다.

서역의 비단길 카슈가르에 가면
말발굽에 치여 살아온 이들이 전하는 말이 있다

- 왕의 나라에서 왕이 되지 마라! 자신의 나라에서 자신이 되라!

❀ 위구르인에게는 고난조차 살아야 할 이유가 된다. 고난에 굴하지 않는 사람이 영웅이다. 빵 굽는 아이도 영웅이다. 자신의 나라에서 자신이 될 것이다.

목단 가옥

한강 나루 언덕
붉게 솟은 벽돌집

사철이 모두 봄인
여주인의 마음

천상의 꽃으로 핀 듯
지지 않는
목단화

✽ 목단 가옥에는 지상의 한 모서리를 환히 밝히는 천상의 꽃이 있다.

삼류 신자의 고백

신부님!!!

이를 어쩌죠

좋아하는 여자가 생겼어요

죄가 되겠지요?

신부님!!

어제는 복권을 샀어요

당첨되면 페라리를 사기로 했어요

십일조는 내겠다고 다짐을 했고요

용서되겠지요??

신부님!

이것도 말을 해야 하나 모르겠어요

길에 내앉은 걸인을 그냥 지나쳤어요

용서될까요???

❀ 가난한 자와 빵 한 조각 나누는 것이 곧 말씀의 육화이다. 사랑이 현존하는 순간이다.

손바닥 위, 나에게 쓴 편지

인간은

총칼 앞에 얼마나 나약한가!

심장에서 터져 나온 뜨거운 시를 보라!

인간은

총포 앞에서 또 얼마나 강한가!

❀ 피노체트의 쿠데타로 아옌데 정부가 무너지자 파블로 네루다는 병상에서 격렬하게 항의하는 시를 썼다. 그때 들이닥친 무장 군인의 총구 앞에서 이렇게 외쳤다. "무엇을 찾고 있나? 여기 총보다 더 무서운 것이 있지. 바로 이거야. 시!"

PABLO
NERDA

행진

행진한다
붐비는 사람들 사이를
분윳값을 벌기 위해
말끔히 수염을 깎고
깔끔히 넥타이를 매고
튼튼히 구두끈을 당기고

행진한다
북적대는 사람들과 나란히
주택부금을 붓기 위해
든든히 아침을 먹고
꼼꼼히 약을 챙기고
단단히 허리띠를 조이고

행진한다
태양의 북에 맞춰
앞으로 힘차게

❋ 매일 기념비적인 마천루를 향해 끝없이 행진하는 사람들, 마치 태엽으로 움직이는 인형 같다. 도시의 거리를 활보하는 사람들이 활기찬 듯 우울하고 즐거운 듯 외로운 그 까닭은 무엇일까? 그들은 살아야 할 분명한 제 나름의 이유가 있는데 말이다.

어리석은 휴머니스트

사람들 사이가 늘 꽃 피는 봄이면 좋겠다고 생각
한 순진한 시절이 있었다

짐승들 사이보다 더 낫지 못한 사람들 사이에서
사람이 된다는 것
이것이 나를 가시처럼 괴롭혔다

휴머니즘 따위는 버려라
내 심장은 종처럼 울었다

구둣발에 채이고 등에 비수가 꽂힌 후로
나는 차가운 돌이 되어 갔다
그러나 나는 사람이 되어야 한다는
손이 크셨던 아버지의 마지막 말씀을 첫 번째 계
명으로 새겼다
애를 끊는 차가운 비애
얼음 심장이 터져 튀는 하얀 불꽃
그것 없이는 봄으로 갈 수 없다는 것

저를 다 녹이고야 얼음은
풀뿌리로 스미고 날개를 달아 하늘로 오른다는 것

엄연한 이 사실을 깨닫기까지 수십 번의 겨울 별
자리를 지났다

사람들 사이가 늘 꽃 피는 봄이어야 한다고
여전히 이것은 유효하다고
아직도 낭만적 생각을 버리지 못하는 나는
어쩔 수 없는 휴머니스트이다

바람이 분다
눈매 순한 사람 하나 찾아 나서야겠다

❀ 몰염치한 시대, 눈의 순결 앞에서 무릎을 꿇고 울던 사람, 진실의 거울 앞에 자신을 비추어 보던 사람, 그런 사람이 더욱 그립다.

어머니의 말씀

종일 구부리고 일하신 어머니
저녁이면 집에 와 엎드리며 말씀하셨다

- 허리 좀 주먹으로 두들겨 펴 거라. 세게 더 세게. 아니, 그것으로 안 되겠다. 올라가 발로 밟아라.

바닥과 하나가 될 즈음 또 말씀하셨다

- 이대로 갔으면 좋겠다만 살아야지. 목구멍이 밥 달라 소리치니.

내일 해가 뜨지 않기를 바라던 그런 때가 있었다
그때 내게 왔다
교과서를 읽은 적이 없는 어머니의 말씀이

- 설마 산 입에 거미줄이야 치겠니.

사는 것이 무의미한 그런 때가 있었다
그때 내게 달려왔다
철학서를 본 적이 없는 어머니의 말씀이

- 새끼들 먹이고 아껴 주는 것보다 더 소중한 것이 무엇이겠니.

사람이 절벽인 그런 때가 있었다
그때 단걸음에 와 나를 일으켜 세웠다
사람의 발에 치여 사신 어머니의 말씀이

- 어쨌거나 사람이다.

벼랑 끝에 다가선 그런 때가 있었다
그때 날아와 나를 꼭 안았다
경전을 펴 본 적이 없는 어머니의 말씀이

- 생명은 하늘이 거두어 갈 때까지 잘 받들어야 한다.

❀ 이제 하늘에 계신 어머니, 지금도 내 인생의 여정을 이끄는 십자성이다.

초승달

손가락 굵은 마디 빠져나오지 못해
닳고 닳아 끊긴
어머니 은가락지

마침내
저녁 하늘에
홀가분히 오르다

❀ 허리가 굽도록 평생 일만 하다 돌아가신 어머니. 이제 하늘에서 편히 쉬시길!

양철 지붕

쉬이 끓고 쉬이 식곤 하던 날들

태양에 정수리를 데이기도 하고
새를 앉혀 먼 곳을 바라보기도 하고
덩굴손으로 허공 속 길을 찾기도 하고

비탈을 가진 것들은 위험을 즐기는 천성이 있지요
뛰어오르는 고양이와 너머를 꿈꾸던 날들
생의 도약
아름다운 모반이었어요

바람의 날개를 가진 양탄자를 꿈꾸기도 했어요
살갗이 벗겨지도록 뜨거운 등
하지만 엎드려 지상의 작은 가리개를 자처했어요
거느려야 할 것들이 있거든요

가슴 시린 날
나풀나풀 내려와 살 맞댄 눈송이들

얼마나 부드럽고 따스하던지
한 사나흘 자기도 했고요
새하얀 축제의 일부였어요

파발마처럼 비구름이 왔다 갈 때
한순간의 일
가슴 뛰는 일이었지요
사랑이 스쳐 간 것이었어요

오늘 밤 무서리가 내릴까요
찰나에 사라지는 것들
이제 온전히 맞이할 수 있을 거예요

나무 끝 달빛
한 조각 오려
아린 상처에 대야겠어요

❀ 앞으로 남은 날에도 양철 지붕처럼 땡볕, 소낙비, 서리, 폭설을 기꺼이 맞이할 것이다.

A Flower Called I

연극이 끝날 때까지

못다 한 꿈이 있는가?

세상에 미련이 남았는가?

치욕을 갚고 싶은가?

개 같은 인생이 억울한가?

죽어야 할 이유보다

죽지 못할 이유가 더 절실하다면

죽을힘을 다해 살아야 한다

연극이 끝날 때까지

누구나 제 인생의 주인공이니까

✿ 생각을 바꾸면 죽어야 할 이유가 살아야 할 이유가 된다. 실패가 죽어야 이유가 되지만 살아야 할 이유도 된다. 살아서 기어코 성공해야 하니까.

한 잎

웅그린 벌레의 이불이 되어 주는 것

이것은 세상의 시린 등을 다 덮어 주는 것

❁ 금세라도 눈물방울이 떨어질 것 같은 큰 눈, 밝은 미소, 가냘픈 몸매의 오드리 헵번. 굶주린 아이의 손을 잡은 그녀는 천사였다. 그녀의 주름진 손은 벌레를 감싼 잎처럼 따스했다. 사랑의 길을 걸어간 그녀의 삶이 그녀의 영화 중에서 가장 위대한 영화였다.

부록

Angels Of Love

사랑의 천사

Angels Of Love
사랑의 천사

Dedicated to Audrey Hepburn
Written by Erwin Franz Lee

42
in pure mind, in pain, and in cou - rage You showed that in your life. As one leaf co - vers a beetle
사 ㅡ 랑 이 꽃 핀 다 는 걸 보 ㅡ 여 주 었 죠 하 나 의 잎 이 추 위 에
47
that shivers on chilly days so your hands shel - tered homeless child - ren from violent rains out - side You're
떠 는 벌 레 를 덮 듯 당 신 의 손 은 집 없 는 아 이 들 을 감 쌌 죠 당
53
gone, but now the warmth of love you left has still stayed with us all the way. It will stay with us all the time
신 이 남 긴 사 랑 의 온 기 아 직 도 남 아 있 지 요 영 원 히 남 을 거 예 요
59
all the time
영 원 히

나,라는 꽃 한 송이

초판 1쇄 발행 2024년 2월 5일

지은이 마주한
삽화 마주한
펴낸이 이기봉
편집 좋은땅 편집팀
펴낸곳 도서출판 좋은땅
주소 서울특별시 마포구 양화로12길 26 지월드빌딩 (서교동 395-7)
전화 02)374-8616~7
팩스 02)374-8614
이메일 gworldbook@naver.com
홈페이지 www.g-world.co.kr

ISBN 979-11-388-2744-7 (03810)

- 가격은 뒤표지에 있습니다.

- 파본은 구입하신 서점에서 교환해 드립니다.